Träume sind dazu da, ...

um in Erfüllung zu gehen.

*»Hast Du Deinen
Sommer gut gelebt...?
Dann wird der Winter
gut zu Dir sein...«*

Die Deutsche Bibliothek - CIP-Einheitsaufnahme
**»Hast Du Deinen Sommer gut gelebt...?
Dann wird der Winter gut zu Dir sein...«** /
Annie von der Heide / Bernard Nollen. - Köln : DuMont, 1996
ISBN 3-7701-3864-3
NE: Heide, Annie von der; Nollen, Bernard

© 1996 DuMont Buchverlag, Köln
Alle Rechte vorbehalten
Reproduktion: Graphik Atelier 13, Kaarst
Druck: Druckhaus Cramer, Greven
Buchbinderische Verarbeitung: Bramscher Buchbinder Betriebe, Bramsche

Printed in Germany   ISBN 3-7701-3864-3

Gedanken aus einem dänischen Garten

von Annie und Bernard Nollen-van der Heide

DUMONT

Ja, weshalb soll es nicht Wirklichkeit werden?

»Ich sah heute morgen in der frischen kühlen Luft ein Dutzend Wildgänse fortfliegen; zuerst standen sie genau über dem Kopf, dann flogen sie ferner und ferner, und zuletzt teilten sie sich in zwei Schwärme und wölbten sich wie zwei Augenbrauen über meinen Augen, die nun ins Land der Poesie schauten.« (Sören Kierkegaard)

Das Land seiner Poesie war für den dänischen Philosophen die weite Landschaft nördlich von Kopenhagen. Dort fand auch Kierkegaards Landsmann Hans Christian Andersen eine reiche Quelle für seine Märchendichtungen. Die lichtvolle Natur des nördlichen Seelands bot ihnen auf ihren Wanderungen entlang der Küsten und durch die Buchenwälder eine Fülle kleiner und großer Anregungen für ihre ›Schlüsselbilder‹ und ›Augenspiele‹.

Inmitten dieser unverbrauchten Natur, unweit von Hamlets Schloß Kronborg in Helsingør, wurde unser Traum Wirklichkeit: Ein altes strohgedecktes Haus, das an einem kleinen See zwischen mächtigen Bäumen liegt. Hier fanden wir unser Paradies. Hier entdeckten wir wieder, welchen sinnlichen Genuß es bereitet, in einen frischgepflückten Apfel zu beißen. Hier erleben wir den Wechsel der Farben im Kreislauf der Jahreszeiten. Jeder Tag ist anders als der vorige. Das reiche Farbenspiel der Sonne, die das Licht in allen Facetten des Regenbogens funkeln läßt, begleitet den Ablauf der Tage und Jahre.

Ohne Farben gibt es kein Leben. Ich liebe die Purpurtöne des Gewitterhimmels, die frostgrünen Mondstrahlen, die Lehmtöne der Erde und die frühlingsbunten Krokusse, die wie Proben auf einer Malerpalette wirken. Wenn wir die Farben der Natur

erleben, gewinnen wir Schönheit für den Alltag. Und wir erinnern uns der Farben unserer Kindheit, finden unsere Vergangenheit in der Gegenwart wieder und ahnen die Zukunft. Denn: Zukunft braucht Herkunft!

Der Farbsinn ist eine Eigenschaft sensibler Menschen. Ich bin glücklich, mit einem Menschen zusammenzusein, der die Farben des Lebens zum Vorschein bringt. Das gibt unserem Leben Farbe.

Farben wirken auf mich wie Gewürze. Sie bereiten mir einen fast sinnlichen Genuß, wenn sie richtig und harmonisch zusammengestellt sind, so wie sie in der Natur vorkommen. Vielleicht erklärt das meine Vorliebe für vegetarisches Essen - die grüne Lebenskraft. Das Genießen einer Speise beginnt für mich mit den Augen, ich ›esse‹ die Farben. Meine Augen sind neugierig geworden wie die eines Kindes, seit wir in der Natur leben. Erst jetzt lebe ich richtig, und erst jetzt fange ich an, zu verstehen: die Natur und das Leben.

»Ich fand eine Feldblume, bewunderte ihre Schönheit, ihre Vollendung in allen Teilen und rief aus: ›Aber alles Dieses, in ihr und Tausenden ihres Gleichen, prangt und verblüht, von niemandem betrachtet, ja, oft von keinem Auge auch nur gesehn.‹
Sie aber antwortete: ›Du Tor! Meinst du, ich blühe, um gesehn zu werden? Meiner und nicht der Andern wegen blühe ich, blühe, weil's mir gefällt; darin, daß ich blühe und bin, besteht meine Freude und meine Lust.‹«
(Arthur Schopenhauer)

Ich bejahe das Leben, ich will es ganz und gar, aber anders als zuvor. Ich bin nicht nur in der Mitte meines Lebens angekommen. Ich bin näher an meiner eigenen Mitte als je zuvor.

Ich liebe die kleinen Momente: Wenn die Sonne durch die segelnden Wolken bricht und es plötzlich aussieht, als wären Tausende von Diamanten in den Schnee gestreut worden. Sie fangen die Sonnenstrahlen ein, brechen sie und spiegeln sie mannigfach wider. Dann erkenne ich: der große Weltenplan - wie einfach, wie genial!

Oder die einsamen Stunden im Winterwald, wenn ich allein bin mit dem Schnee und dem Rauhreif. Die noch verbliebenen Blätter sehen aus, als wären die überzuckert. Meine Gedanken sammeln sich um ein einzelnes Blatt - mein Blatt. Und ich hinterlasse meine Fußabdrücke im Schnee.

Oder im Frühjahr die Tulpen: In weißer Pracht stehen sie da, eindrucksvoll in der Vielzahl, doch noch beeindruckender in der einzelnen Erscheinung, so vollkommen in ihrer Art. Ich verfolge Bernards fotografische Reise von der Menge bis in die Mitte einer einzelnen Tulpe hinein. Ich begreife.

Für das Nach-oben-Schauen gibt es keine Grenzen. Hier im Norden Seelands sieht man weit, findet man Lebensraum und Atmosphäre. Hier gehören wir hin, hier soll das Leben ein Spiegelbild unserer Gefühle sein, hier sind wir inmitten des Lebens zu Hause.

Unser Haus ist ›durchsichtig‹. Durchschienen von dem ständig wechselnden Licht des Nordens fügt es sich ganz in die Natur ein. Es ist nur mit wenigen Möbeln eingerichtet, so daß jedes, selbst das einfachste Objekt wichtig wird. Es gibt keine Mauern und Dächer ringsum, wo die Gedanken hängenbleiben könnten.
»Zu viele Aktivitäten, zu viele Menschen, zu viele Dinge. Zu viele lohnende Aktivitäten, wertvolle Dinge und interessante Menschen. Nicht nur die alltäglichen Dinge überladen unser Leben, sondern auch diejenigen, die wir für wichtig halten,« weiß Anne Morrow-Lindbergh, die Muscheln und Ruhe an einem einsamen Strand sammelt und mich mit ihrer sanften Weisheit beeindruckt. Echte Freude gedeiht in der Ruhe, reines Glück in der Gelassenheit. Lebenskunst bedeutet wohl auch, allezeit mit leichtem Gepäck zu reisen und das innere wie das äußere Leben so weit zu vereinfachen, daß aus beidem eines wird. Rainer Maria Rilke formulierte diesen Gedanken als Ratschlag an einen jungen Dichter: »Halten sie sich an die Natur, an das Einfache in ihr,

Wieviele Töne in blau gibt es?

an das Kleine, das kaum einer sieht und das so unversehens zum Größten werden kann. Wenn sie diese Liebe haben zu dem Geringen, dann wird ihnen alles leichter in ihrem innersten Bewußtsein werden. Es handelt sich darum, alles zu leben - leben sie die Fragen und vielleicht leben sie in die Antworten hinein.«

Alles Gescheite ist für uns schon einmal vorgedacht worden. »Einfach in Handlungen und Gedanken kehren wir zu unserem Wesenskern zurück.« Diese Lehre von Laotse gilt noch heute. Vielleicht gilt sie heute, in einer Zeit, in der Hektik, Lärm und Massenphänomene es uns so schwer machen, das Wesentliche zu erkennen, sogar mehr als je zuvor.

Hat man erst einmal damit angefangen, zum Einfachen des Lebens zurückzufinden, den »Krempel über Bord zu werfen«, gewinnt man Lebensraum und Lebensüberblick. Äußeres Aufräumen führt unweigerlich auch zu innerem Ausgleich, denn Vereinfachung ist für die Seele, was eine Fastenkur für den Körper ist. Die wirkliche innere Freiheit findet sich erst in der Bedürfnislosigkeit.

Wenn man den Mut hat, alles Unnötige aus seinem Leben zu entfernen, kommt das Ursprüngliche zum Vorschein, das Wesentliche tritt klarer hervor. Dann gleicht das Leben nicht länger einem wahllosen Durcheinander, sondern gewährt sinnliche Freude an jedem einzelnen Ding: Am Geruch einer frisch ausgegrabenen Kartoffel, an den Farben und dem Geschmack von Himbeeren und Tomaten, an einem geflochtenen Korb voller grüner Äpfel.

Ein einfaches Leben zu führen, bedeutet aber auch, das Leben so zu nehmen, wie es ist, und nicht ständig darüber nachzugrübeln, wie es sein sollte oder könnte. Erst dann gelingt es uns, das Leben nicht mehr als ein Problem anzusehen, das gelöst werden muß, sondern als ein Mysterium, das sich vielleicht enträtseln läßt.

Wenn wir uns auf wenige wichtige Dinge konzentrieren, nähern wir uns dem Kern unseres Wesens und begreifen, daß die wesentlichen Werte in uns enthalten sind. Dann wagen wir auch, die Verantwortung für unser Leben selbst zu übernehmen und unserer eigenen Intuition zu vertrauen.

Prentice Mulford sagt: »Das Glück deines Lebens hängt von der Beschaffenheit deiner Gedanken ab.« Das gibt uns Stärke, weil es uns in jeder Situation ermöglicht, unseren Weg selbst zu wählen und unser Leben zu verändern. Die längste und ergiebigste Reise kann beginnen: Die Reise nach innen und zu uns selbst.

Die wichtigste Regel für ein glückliches Leben stand schon vor Jahrtausenden über dem Apollo-Tempel von Delphi: »Saute Gnothem« - »Erkenne dich selbst!« Aber es gibt kein unfehlbares Rezept: Jeden Tag muß man neu in sich hineinhorchen, um den eigenen Weg zu einem Leben voller Freude und Zufriedenheit zu finden.

Glück ist ein Gefühl totaler Gegenwärtigkeit. Ich habe eingesehen, daß sich die Bedeutung des Jetzt erst erleben läßt, wenn die Intensität des Augenblicks so stark ist, daß sie die Forderungen des Morgen übertönt. Denn das Leben ereignet sich nicht im Gestern oder Morgen, sondern jetzt! Die selbstgewählte Einfachheit besitzt eine ästhetische Qualität. Sie gibt dem Dasein Würde, Tiefe, Haltung und Richtung. Alles Wesentliche im Leben ist von Natur aus einfach und für jeden von uns zugänglich. Wir tragen das Glück, das wir außerhalb suchen, längst in uns: »Das Königreich Gottes ist in dir!« - so steht es schon in der Bibel.

Der Abend rückt näher und die aufkommende Dunkelheit ist wie ein weiches Wolltuch, das die Bäume zum Schutz gegen die Kälte der Nacht um sich legen; die Luft ist kühl und leicht. Als ich noch eine letzte Runde um den See gehe, spüre ich, wie die Natur alle meine Sinne anspricht und mein Bewußtsein stärkt.

Ich nehme die sanft bewegten, im Wind tanzenden Baumkronen am See wahr und denke darüber nach, daß die Geschicke der ganzen Welt davon abhängen, welche Werte wir uns setzen und welche Wahl wir treffen: »Sollte ich mir etwas wünschen, ich würde mir nicht Reichtum wünschen oder Macht, sondern die Leidenschaft der Möglichkeit, das Auge, welches ewig jung und glühend überall die Möglichkeit erblickt. Der Genuß täuscht, die Möglichkeit nicht.« (Sören Kierkegaard)

Annie Nollen-von der Heide

*Alle wissen, daß sich der Tropfen
mit dem Meer vermischt,
doch nur wenige wissen, daß das Meer
im Tropfen aufgeht.*

Kabir

Nur in der Einsamkeit ist totale Freiheit!

Michel de Montaigne

Die Einsamkeit ist der klarste Spiegel.

Reinhold Messner

Auf wie vieles kann ich verzichten?

*Der pure Stil assoziert
Anständigkeit und Würde.*

Peter Arnell

*Ich verzichte auf aufwendige
Dekorationen, weil ich meine,
daß sie von der persönlichen Kraft
und Ausstrahlung eines Menschen
ablenken.*

Jil Sander

*Der pure Stil zieht sich durch die
gesamte Geschichte der Menschheit,
so daß sie immer wieder aufs
Wesentliche zurückkam,
zum Klassischen und Einfachen.
Man muß sich erst mit einer Sache
auseinandersetzen, bevor man sich
mit vielen Dingen befaßt.*

Robert Wilson

Nichts kann alles enthalten.

Epikur

*Ich glaube, die Zukunft heißt purer
Stil. Man konzentriert sich auf das,
was man braucht, was funktioniert.*

Donna Karan

*Der Mensch ist für alle seine wahren
Bedürfnisse genügend ausgestattet,
wenn er seinen Sinnen traut und sie so
entwickelt, daß sie des Vertrauens
würdig bleiben.*

Johann Wolfgang von Goethe

*Klarheit ist der Triumph über die
Verwirrung.*

Seneca

*Einfachheit ist das ganze Geheimnis
vom Wohlsein.*

Peter Matthiessen

*Unser Leben ist vergeudet durch
Einzelheiten.
Vereinfache, vereinfache!*

Henry David Thoreau

*Lebe einfach, so daß andere einfach
leben können.*

Mahatma Gandhi

*Ich habe längst erfahren, daß es
die kleinen Dinge sind,
die so unendlich wichtig sind.*

Sherlock Holmes

»Yogi, wie spät ist es?«
Yogi: »Meinst du jetzt?«

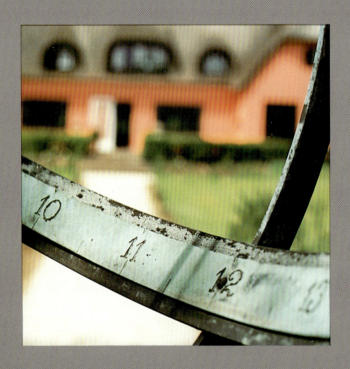

*»Auf wie alt würdest du dich selber
schätzen, wenn du nicht wüßtest,
wie alt du bist?«*

Satchel Paige

Beeile dich langsam!

Kaiser Augustus

Am Anfang sind wir nur ein Tropfen gewesen. Davor waren wir nichts. Um die ganze Wahrheit zu erfahren, haben wir in das Nichts zurückzukehren. Ein Salzkorn wollte mehr über sich erfahren. Es wanderte hierzu eine lange Strecke und erreichte schließlich das Meer. So etwas hatte es nie zuvor gesehen; das Salzkorn war hellauf begeistert. Es trat näher und fragte das Meer: »Was bist du?« Das Meer antwortete: »Tauche ein und du wirst es erfahren!« das Salzkorn wollte die Antwort und schritt ins Meer. Als es tiefer kam, löste es sich nach und nach auf. Als nur noch ein winziger Rest verblieben war, rief es: »Nun weiß ich, wer ich bin!«

Aus dem Darshan

Wir sind, was wir denken, zu dem geworden, was wir dachten.

The Damapade

*»Warum stehst du hier mit einem Becher in der Hand?« »Ich will das Meer ausschöpfen«.
»Das ist unmöglich! Du kannst das Meer nicht mit dem Becher fassen, selbst wenn du davon Millionen hättest, würdest du es nicht schaffen können. Wirf den Becher hinein, dann hast du das ganze Meer!«*

Aus dem Darshan

Bevor wir uns nicht selbst loslassen, besteht keine Hoffnung, uns jemals selbst zu finden.

Henry Miller

Es gibt zwei Arten von Menschen auf der Welt. Bei gleichen Graden an Gesundheit, Wohlstand und andern Annehmlichkeiten des Lebens ist die eine glücklich und die andere elend. Dies hat seinen Grund größtenteils in den verschiedenen Gesichtspunkten, aus denen sie Sachen, Personen und Vorfälle betrachten, und in der Rückwirkung dieser verschiedenen Ansichten auf ihren Geist. In jeder möglichen Lage kann der Mensch Annehmlichkeiten und Unannehmlichkeiten finden. In jeder Gesellschaft kann er Personen und Unterhaltung antreffen, die ihm mehr oder weniger behagen. An jeder Tafel kann er Gerichte von besserem oder schlechterem Geschmack finden. Unter jedem Himmelsstrich wechselt schlechtes Wetter mit gutem ab. Unter jeder Regierung gibt es gute und schlechte Gesetze und gute und schlechte Handhabung dieser Gesetze. In jedem Gedicht oder Werk eines Genies finden sich Schönheiten und Mängel. Fast in jedem Gesicht, an jeder Person kann man schöne Züge und Fehler, gute und böse Eigenschaften bemerken. Unter diesen Umständen heftet von obgedachten beiden Menschenarten, diejenige, die die Anlage hat, glücklich zu sein, ihre Aufmerksamkeit auf die angenehme Seite der Dinge, auf die unterhaltenden Teile des Gesprächs, die gut angerichteten Schüsseln, den guten Wein, das schöne Wetter usw. und genießt alles mit Fröhlichkeit.

Die von der zweiten Art, die zum Unglück bestimmt sind, denken und sprechen bloß von dem Gegenteil. Ein alter philosophischer Freund von mir war in diesem Punkte durch Erfahrung sehr vorsichtig geworden und vermied sorgfältig jede nähere Verbindung mit solchen Menschen. Er hatte, wie andere Naturforscher, ein Thermometer, das ihm den Grad der Wärme und ein Barometer, welches ihm gutes oder schlechtes Wetter anzeigte. Da man aber bis jetzt noch kein Werkzeug erfunden hat, jemandem auf den ersten Blick jene widerwärtige Geistesstimmung anzumerken, so gebrauchte er zu dieser Absicht seine Füße, von denen der eine vorzüglich schön, der andere durch einen Unfall krumm und entstellt worden war. Sah ein Fremder bei der ersten Zusammenkunft mehr auf den häßlichen als auf den schönen Fuß, so wurde er ihm verdächtig. Sprach er aber von dem häßlichen, ohne den schönen zu erwähnen, so war dies ein hinreichender Grund für meinen Philosophen, allen weiteren Umgang mit ihm zu vermeiden. Nicht jedermann hat ein solches doppelfüßiges Instrument, aber jeder kann, mit ein wenig Aufmerksamkeit, Kennzeichen dieser tadelsüchtigen, fehlerspähenden Gemütsart entdecken und denselben Vorsatz fassen, den Umgang mit denen, die damit angesteckt sind, zu meiden.

Benjamin Franklin

Ein neuer Tag!

und ich immer noch dabei.

*Je mehr man sich selbst begrenzt,
um so erfinderischer wird man.*

Sören Kierkegaard

Je mehr du weißt, je weniger brauchst du!

Sprichwort der Aboriginals

Der pure Stil markiert eine Rückkehr zu den wesentlichen Werten des Lebens. Die Leute wollen wieder die Freuden der einfachen Dinge entdecken, die ja auch die wichtigsten sind. Sie besinnen sich auf sich selbst, auf die Familie.

Paola Bulgari

Der pure Stil oder die neue Einfachheit sind eine ganz natürliche Reaktion auf all die verschnörkelten Stile. Weil die sich halten, wird es auch immer die Reduktion als Alternative geben.

Jasper Morrison

Man muß sich bescheiden, das ist eine Hauptbedingung für jeglichen Genuß.

Sören Kierkegaard

Die klare Linie ist immer die komplizierteste.

Robert Wilson

Stil ist der äußere Ausdruck von deinem inneren Selbst.

Alexandra Stoddard

In Wissenschaft, Kunst und Styling muß man die Grenzen kennen, dann erst kann man zum Kern, zur Reduktion, zur puren Wahrheit vordringen.

Yohji Yamamoto

Es ist besser, es zu haben und nicht zu brauchen, statt es zu brauchen und nicht zu haben.

Carl Zuckmayer

*Es gibt derzeit so viele wichtige Probleme auf der Welt zu lösen, daß Schnörkel und Tand einfach lächerlich wirken.
Ich glaube nicht, daß der Höhepunkt des puren Stils schon erreicht ist. Die Leute werden immer bewußter in allen Bereichen des Lebens.*

Annette Kopp

Betrachte alles, als wäre es das letzte, auf das mit Wohlgefallen dein Auge fällt; es könnte das letzte sein, das du siehst.

Walter de la Mare

Was ist Liebe? - Unendlichkeit!

Es gibt keine Grenzen - nur Möglichkeiten.

Alexandra Stoddard

Versuchungen sollte man nachgeben, wer weiß, ob sie wiederkommen.

Oscar Wilde

Warum sollte ich nicht den
Nachtisch zuerst essen?
Vielleicht habe ich danach keinen
Hunger mehr.

Max Ernst

Lebe jetzt! Du weißt nicht,
wann es dafür zu spät ist.

Michel de Montaigne

Ich liebe Grün. Es ist beruhigend und dann wieder geheimnisvoll wie tiefes Wasser - ein schimmernder Seespiegel.

Anouschka Hempel

*Das Glück deines Lebens hängt
von der Beschaffenheit deiner
Gedanken ab.*

Prentice Mulford

*Deine Gedanken werden zu Worten,
deine Worte zu Taten, deine Taten
zu Gewohnheiten, - achte deshalb
auf deine Gedanken!*

Matri Upanischad

*Wir irren uns nicht, weil die
Wahrheit schwer zu erkennen ist.
Sie ist schon auf den ersten Blick zu
sehen. Wir irren uns, weil es so
bequemer ist.*

Alexander Solschenizyn

*Wer ein Herz für Schönheit hat,
findet bald Schönheit überall.*

Gustav Freytag

*Das wahre Geheimnis unseres
Lebens liegt in der Suche nach
Schönheit.*

Oscar Wilde

Die Schönheit erlebt man durch Form und Farbe.

Pierre Bonnard

Leben ist der Grund für's leben!

Ich war noch ein Kind, in meinem siebten Jahre, als meine Verwandten mir an einem Festtage die Tasche mit Pfennigen füllten. Sogleich ging ich zu einem Laden, wo man Spielzeug für Kinder kaufte. Der Ton einer Pfeife aber, die ich im Vorbeigehen in der Hand eines andern Knaben sah, entzückte mich so sehr, daß ich ihm freiwillig für dies eine Stück meine ganze Barschaft anbot.

Dann ging ich nach Hause, wo ich pfeifend durch alle Winkel zog, sehr vergnügt über meine Pfeife, aber der ganzen Familie damit zur Last. Als meine Schwestern, Brüder und Vettern hörten, was für einen Tausch ich gemacht hatte, so versicherten sie mir, ich hätte viermal mehr für das Ding gegeben, als es wert sei. Nun fiel mir ein, was für schöne Sachen ich für das übrige Geld hätte kaufen können. Sie lachten mich wegen meiner Einfalt so sehr aus, daß ich aus Verdruß anfing zu weinen. Die Reue machte mir noch mehr Ärger, als die Pfeife mir Vergnügen gemacht hatte. Da dies aber ewig bleibenden Eindruck auf mich machte, so ward mir's in der Folge sehr nützlich. Oft, wenn ich in Versuchung kam, mir etwas Unnötiges zu kaufen, sagte ich zu mir selbst: »Gib nicht zuviel für die Pfeife.« Und so sparte ich mein Geld.

Als ich groß ward, in die Welt trat und die Handlungen der Menschen beobachtete, glaubte ich oft, sehr oft auf Leute zu treffen, die zuviel für die Pfeife gaben.

Sah ich einen Menschen, der ängstlich nach Hofgunst strebte und der für seine Zeit in Vorzimmern seine Freiheit, seine Jugend und vielleicht seine Freunde opferte, so sagte ich zu mir selbst: »Dieser Mann gibt zuviel für seine Pfeife.«

Fand ich einen Geizhals, der sich selbst jede Gemächlichkeit des Lebens versagte, der auf das Vergnügen, andern Gutes zu tun und die Achtung seiner Mitbürger gänzlich verzichtete, und der die Freuden wohlwollender Freundschaften dem Durst, Schätze zu häufen, opferte: »Armer Mann«, sagte ich, »fürwahr, du bezahlst zuviel für deine Pfeife.«

Traf ich auf einen Freudenjäger, der bloß um sinnlicher Genüsse willen jede löbliche Verbesserung seines Geistes oder Vermögens versäumte, so dachte ich: »Betrogener Mann, du schaffst dir selbst Schmerz statt Vergnügen: du gibst zuviel für deine Pfeife.« Wenn ich ein schönes, sanftes Mädchen an einen bösartigen Drachen von Manne verheiratet sah, so sagte ich: »Jammerschade, daß sie so viel für eine Pfeife gegeben hat!«

Kurz, ich glaubte zu bemerken, daß die Menschen selbst sich den größten Teil ihrer Übel durch eine falsche Schätzung des Wertes der Dinge und dadurch zuziehen, daß sie immer zu viel für ihre Pfeifen geben.

Benjamin Franklin

Wie man denkt, so wird man!
Das ist das ewige Geheimnis.

    Matri Upanischad

Der Weg vom Suchen und Finden ist nicht gerade, und Willen und Vernunft genügen nicht, um ihn zu gehen. Man muß horchen, lauschen und warten können.

    Hermann Hesse

Wenn du das Ende von dem erreicht hast, was du wissen solltest, stehst du am Anfang dessen, was du fühlen sollst.

    Gibran Khalil

Je ruhiger man wird,

desto mehr hört man

Was denkst du – Gerade jetzt?

Denke einfach –

einfach denken!

*Unser Problem ist nicht zu lernen,
sondern umzulernen, um alte
Aneignungen aufzugeben.*

Gloria Steinem

*Viele von uns stehen ihr ganzes
Leben wartend am Ufer des Flusses,
in der Hoffnung, daß jemand kommen
wird, uns zu holen.*

Cecil Rhodes

*Die meisten Menschen tun
nicht das, wozu Anlage und Natur
sie trieben.*

Hermann Hesse

Der Wanderer, der sich verirrt, hat doch den Trost, daß die Gegend um ihn herum sich ständig verändert - und jede Veränderung birgt die Hoffnung in sich, einen Weg heraus zu finden. Wer in sich selbst in die Irre geht, dem steht kein so großes Gebiet zur Verfügung, in dem er sich bewegen kann - er erkennt bald, daß es ein Kreislauf ist, aus dem er nicht herauskommen kann.

Sören Kierkegaard

»Bitte sage mir, welchen Weg ich gehen soll!«
»Das hängt davon ab, wohin du willst!«

Alice im Wunderland

Leben ist nicht genug.
Sonnenschein, Freiheit
und eine kleine Blume
muß man auch haben.

Hans Christian Andersen

Man sieht nur
mit dem Herzen gut.
Das Wesentliche ist
für die Augen unsichtbar.

Der kleine Prinz

unsere Augen brauchen Farben.

Rot enthält jede Farbe - selbst Rot.
Sam Francis

Der eigentliche Genuß liegt nicht in dem, was man genießt, sondern in der Vorstellung.
Sören Kierkegaard

Der englische Statthalter Sir William Johnson ließ sich, kurz nach seiner Ankunft in Amerika, verschiedene reiche und prächtige Kleider aus London kommen. Heinrich, das Oberhaupt der fünf Mohawker Nationen, war eben bei ihm, als er sie erhielt. Er bewunderte sie sehr, strich ihren Glanz und die Schönheit der Farben heraus, äußerte aber keinen Wunsch danach. Nach einigen Tagen jedoch kam er zu Sir Williams und erzählte, daß er einen Traum gehabt hätte. Dieser erkundigte sich, worin er bestanden habe, und Heinrich antwortete: »Ich träumte, du machtest mir ein Geschenk mit einem der schönen Kleider, die du neulich aus deinem Lande, jenseits des großen Wassers, erhalten hast.« Der Engländer merkte, worauf er hinaus wollte, und ließ das prächtigste von jenen Kleidern, das von Scharlach und deshalb den Augen eines Wilden besonders angenehm war, herbringen. Er schenkte es ihm, und Heinrich ging sehr vergnügt hinweg. Einige Zeit darauf begegnete Sir William seinem wilden Freunde und redete ihn mit den Worten an: »Heinrich, ich habe diese Nacht auch einen Traum gehabt.« - »Der war?« - »Mir träumte, du schenktest mir jenen Strich Landes, den du dort jenseits des Mohawka siehst.« Hier zeigte er ihm ein Gebiet von fünftausend Morgen, einen der reichsten und fruchtbarsten Plätze, die jener Strom benetzt. Heinrich machte keine Schwierigkeit, den Traum wahr zu machen, doch konnte er sich nicht enthalten, zu Sir William zu sagen: »Was geschehen ist, ist geschehen, aber mit dir träume ich nicht wieder. Deine Träume sind mir zu teuer.«

Benjamin Franklin

Der Weise wird durch fremden Schaden klug, ein Narr kaum durch seinen eignen.

Benjamin Franklin

*Kein Objekt ist mysteriös; das
Mysterium liegt in deinen Augen.*

Elisabeth Bowen

*Wir treiben im Ungewissen, im
Zufälligen, im Sinnlosen, was jedoch
dem Dasein seinen Zauber, seine
Verschiedenartigkeit, seine
Abwechslung verleiht.*

Demokrit

*Es gibt in meinem Leben Augenblicke, in denen ich mich gleichsam selbst durchschauen kann. Eine ganze Welt tut sich vor mir auf, und ich blicke in eine Unendlichkeit hinein, die mein gesamtes denkendes Wesen verschlingt.
Ist es denn nicht ein Wunder, daß die Erde an nichts hängt? Erklär mir, wie in dem kleinen Samenkorn der Keim zu einem ganzen Baum liegen kann, der wieder neue Keime bis ins Unendliche tragen wird. Was bewirkt denn, daß du deine Hand bewegen kannst, wenn du es willst? Wie steht der Gedanke mit dem Körperlichen in Verbindung? Hast du niemals darüber nachgedacht?*

Hans Christian Andersen

Soll ich mir etwas wünschen, ich würde mir nicht Reichtum wünschen, sondern die Leidenschaft der Möglichkeit, das Auge, welches ewig jung und ewig glühend überall die Möglichkeit erblickt. Der Genuß täuscht, die Möglichkeit nicht.

Sören Kierkegaard

Man kann nichts verlieren, was man je wesentlich erfaßt und besessen hat. Das innere Bild bleibt bestehen.

Carl Zuckmayer

*Phantasie ist wichtiger als Wissen.
Wissen ist begrenzt, Phantasie aber
umfaßt die ganze Welt.*

Albert Einstein

*Der unwiderstehlichste Mensch auf
Erden ist der Träumer, dessen
Träume wahr geworden sind.*

Tania Blixen

*Alles, was man entsprechend fest
glaubt, kann man auch in die Tat
umsetzen.*

Mahatma Gandhi

Diejenigen, die man für Schwärmer hielt, haben dem menschlichen Geschlecht die nützlichsten Dienste geleistet.

Johann Gottfried von Herder

*Wer ein Herz für Schönheit hat,
findet bald Schönheit überall.*
Gustav Freytag

Wir alle kennen das Glück: einige sehen es jahraus, jahrein, andere nur in gewissen Jahren, an einem einzigen Tage, ja, es gibt Menschen, die es nur ein einziges Mal in ihrem Leben sehen, aber wir sehen es alle einmal.
Hans Christian Andersen

Das einzig Beständige ist der Wechsel.
Marc Aurel

*Wenn du es suchst,
wirst du es nicht finden.*
Zen

Im Glück brauchen wir größere Tugenden als im Unglück.
François La Rochefoucauld

Wer an Glück glaubt, der hat Glück!
Friedrich Hebbel

Erwarte nicht dauerhaftes Glück in der Anhäufung von Sachen. Werte und Würdigkeit kommen von Innen.
Joan Altwater

 Farbe ist das Kind von Licht
 Dunkel.

nn Wolfgang von Goethe

Hast Du Deinen Sommer gut gelebt...?
Dann wird der Winter gut zu Dir sein...
                       Rama Thinta

Kann man Verlangen nach etwas
haben, was man hat?
Ja, wenn man bedenkt, daß man es
im nächsten Augenblick vielleicht
nicht mehr hat.
                     Sören Kierkegaard

Weil ich das Leben so liebe, wie ich es tue, drängt sich mir der Schluß auf, daß man schlimme Zeiten durchmachen muß, um das Wunderbare und Faszinierende des Lebens zu erkennen.

Arthur Rubinstein (im Alter von 92 Jahren)

Je länger du lebst, desto einfacher wirst du. Du wirst vieles aufgeben - selbst manche Freunde.

Zoran

»Die gründlichsten Naturforscher unseres Geschlechts«, sagt der Graukopf unter den Eintagsfliegen, *»die lange vor meiner Zeit geblüht und gelebt haben, waren der Meinung, daß diese Welt nicht länger als achtzehn Stunden stehen könne, und ich glaube, sie hatten einigen Grund zu dieser Vermutung. Ich selbst habe sieben von diesen Stunden gelebt; ein großer Zeitraum, der nicht weniger als vierhundertzwanzig Minuten beträgt. Wie wenige von uns bringen ihr Leben so hoch? Ich sah sieben Geschlechter geboren werden, blühen und sterben. Meine jetzigen Freunde sind die Kinder und Enkel meiner Jugendfreunde, die jetzt nicht mehr sind. Und ich muß ihnen bald folgen, denn obgleich ich noch in guter Gesundheit bin, so kann ich doch dem Laufe der Natur nach nicht länger als sieben oder acht Minuten zu leben hoffen.*
Was nutzt nun alle Mühe und Arbeit, mit der ich auf diesem Blatte Honigtau sammelte, den ich ungenossen zurücklassen muß? Und was wird aus der ganzen Geschichte werden, wenn die achtzehnte Stunde eintritt, wo die Welt ihr Ende erreicht, und in dem allgemeinen Untergang begraben wird?«
Benjamin Franklin

Die Bedeutung eines Menschen liegt nicht in dem, was er erreicht, sondern vielmehr in dem, was er sich zu erreichen sehnt.
Gibran Khalil

Leben ist das, was sich ereignet, während du mit anderen Plänen beschäftigt bist.
John Lennon

Es war einmal ein Fuchs, der verlor ein Bein, so daß er nicht mehr laufen konnte. Er schloß Freundschaft mit einem Tiger, der sich willig zeigte, den Fuchs zu versorgen. Tag für Tag jagte der Tiger, fraß erst die eine Hälfte seiner Beute und brachte sodann die andere dem Fuchs. Ein Mann beobachtete das Tun des Tigers. Er dachte bei sich: »Dieser Fuchs arbeitet nicht; der Tiger ernährt ihn. Ich werde von nun an auch nicht mehr arbeiten, bleibe sitzen, bis mir einer Nahrung bringt. Gott wird dafür schon sorgen!« Der Mann setzte sich nieder und wartete. Tage vergingen, und der Mann begann, erheblich an Gewicht zu verlieren. Schließlich war er nahe am Verhungern. In seiner letzten Minute hörte er plötzlich eine tiefe Stimme rufen: »Oh, Mann, folge nicht dem Fuchs, folge dem Tiger!«

Aus dem Darshan

Verstehen - das tut man am besten, wenn man die Grenze erreicht hat.

Peter Høeg

Das Leben ist ungewiß! Laß es uns zubringen, so gut wie wir es nur können.

Samuel Johnson

Man muß sich immerfort verändern, verjüngen, um nicht zu verstocken.

Johann Wolfgang von Goethe

Lebe jeden Tag!

Nur in der Verwandlung ist leben!

An manch einem warmen Sommertag hatte die Eintagsfliege um die Krone eines alten Baums getanzt, gelebt, geschwebt und sich glücklich gefühlt, und wenn dann das kleine Geschöpf einen Augenblick in stiller Glückseligkeit auf den großen, frischen Blättern ausruhte, so sagte der Baum immer: »Arme Kleine! Nur einen Tag währt dein ganzes Leben! Wie kurz das ist! Wie traurig!« »Traurig?« erwiderte dann stets die Eintagsfliege, »was meinst du damit? Alles ist so herrlich licht, so warm und schön, und ich selbst bin so glücklich!« »Aber nur einen Tag, und dann ist alles vorbei!« »Vorbei!« sagte die Eintagsfliege, »was ist vorbei? Bist du auch vorbei?« »Nein, ich lebe vielleicht Tausende von deinen Tagen, und mein Tag sind ganze Jahreszeiten! Das ist etwas so Langes, daß du es gar nicht ausrechnen kannst!« »Nein, denn ich verstehe dich nicht! Du bist Tausende von meinen Tagen, aber ich habe Tausende von Augenblicken, in denen ich froh und glücklich sein kann! Hört denn alle Herrlichkeit dieser Welt auf, wenn du einmal stirbst?« »Nein«, sagte der Baum, »die währt gewiß viel länger, unendlich viel länger, als ich denken kann!« »Aber dann haben wir ja gleich viel, nur daß wir verschieden rechnen!«

Hans Christian Andersen

Zeit ist eine sehr kostbare Gabe. Sie ist so kostbar, daß wir sie nur in kleinen Rationen bekommen - immer nur einen Augenblick nach dem anderen.

Amalia Barr

*Du glaubst, daß du die Zeit
aufbrauchst, doch die Zeit braucht
dich auf.*

Bhartrihari

Als Swift ein armer Mann geworden, ward er in das Irrenhaus aufgenommen, das er selber in seinen Jahren errichtet hatte. Man erzählt, er habe dort oft vor einem Spiegel gestanden mit der Ausdauer eines eitlen und wollüstigen Weibes, wenn auch nicht eben mit den Gedanken eines solchen. Er betrachtete sich selbst und sagte: »Armer, alter Mann!«

Sören Kierkegaard

Auf unserer Welt gibt es nur zwei wirkliche Tragödien: daß man das, was haben möchte, nicht bekommt – oder daß man es bekommt.

Oscar Wilde

»Ich werde sehr jung sterben!« sagte Jeanne Moreau. »Wie jung?«, wurde sie gefragt. »Ich weiß nicht, vielleicht mit siebzig, vielleicht mit achtzig, sogar neunzig, aber ich werde sehr jung sterben.«

Jedem Augenblick wohnt ein Zauber inne, der uns beschützt, und der uns hilft, zu leben.
Hermann Hesse

Jede einzelne Schneeflocke

Senkt sich auf ihren Platz.

In dunklen Zeiten
ist es Zeit für Schönheit.

Wenn ich mein Leben noch einmal leben könnte: Beim nächsten Mal würde ich mehr Fehler machen. Ich würde mich entspannen und mich törichter benehmen. Ich würde vieles weniger ernst nehmen und mehr Chancen ergreifen. Ich würde mehr Berge ersteigen, mehr Flüsse durchschwimmen. Ich würde mehr Eis essen und weniger Bohnen. Vielleicht würde ich mehr wirkliche Probleme haben, dafür aber weniger eingebildete.
Siehst du, ich bin eine von den Menschen, die Stunde um Stunde, Tag um Tag, vernünftig und verständig leben. Aber ich habe meine Augenblicke gehabt, und könnte ich sie alle noch einmal erleben, würde ich mehr daraus ziehen. Offen gesagt, ich würde versuchen, nichts anderes zu tun zu haben, als alle Augenblicke noch einmal zu leben, einen nach dem anderen, anstatt so viele Jahre im voraus zu denken.
Ich bin eine von denen gewesen, die niemals ohne ein Thermometer, eine Wärmflasche und einen Regenmantel ausgingen. Sollte ich noch einmal leben können, würde ich leichter reisen. Auch würde ich früher im Frühling barfuß gehen - und so bis spät in den Herbst hinein verbleiben. Ich würde öfter tanzen gehen und Karussell fahren. Ja, und ich würde mehr Margeriten pflücken.

Nadine Stair (im Alter von 85 Jahren)

Du kannst nicht entscheiden, wie oder wann du stirbst ...
Du kannst nur entscheiden, wie du lebst. Jetzt!

Joan Baez

Wo ein Anfang ist, da ist auch ein Ende.